FABI SANTIAGO

¡QUITA TUS PATAS DE MI LIBRO!

CUBILETE

Para Jonathan.

Y con mucho cariño, en memoria
de Porridge, que nunca quitaba
sus patas de mis dibujos.
F.S.

Título original: *Paws Off My Book*,
publicado por primera vez en el Reino Unido
por Scholastic Children's Books,
una división de Scholastic Ltd
Texto e ilustraciones: © 2017 Fabi Santiago

Coordinadora de la colección: Ester Madroñero

© 2018 Grupo Editorial Bruño, S. L.
Juan Ignacio Luca de Tena, 15; 28027 Madrid

Dirección Editorial: Isabel Carril
Coordinación Editorial: Begoña Lozano
Traducción: Pilar Roda • Edición: Cristina González
Preimpresión: Pablo Pozuelo

ISBN: 978-84-696-2335-0 • D. legal: M-4875-2018
Impreso en Malasia

www.brunolibros.es

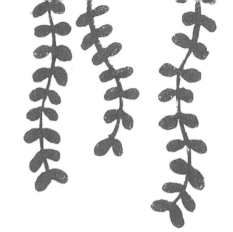

ME GUSTA leer!

¡Hola, Trufa! ¡Cuánto tiempo sin verte!
Por lo menos... ¡desde el desayuno!

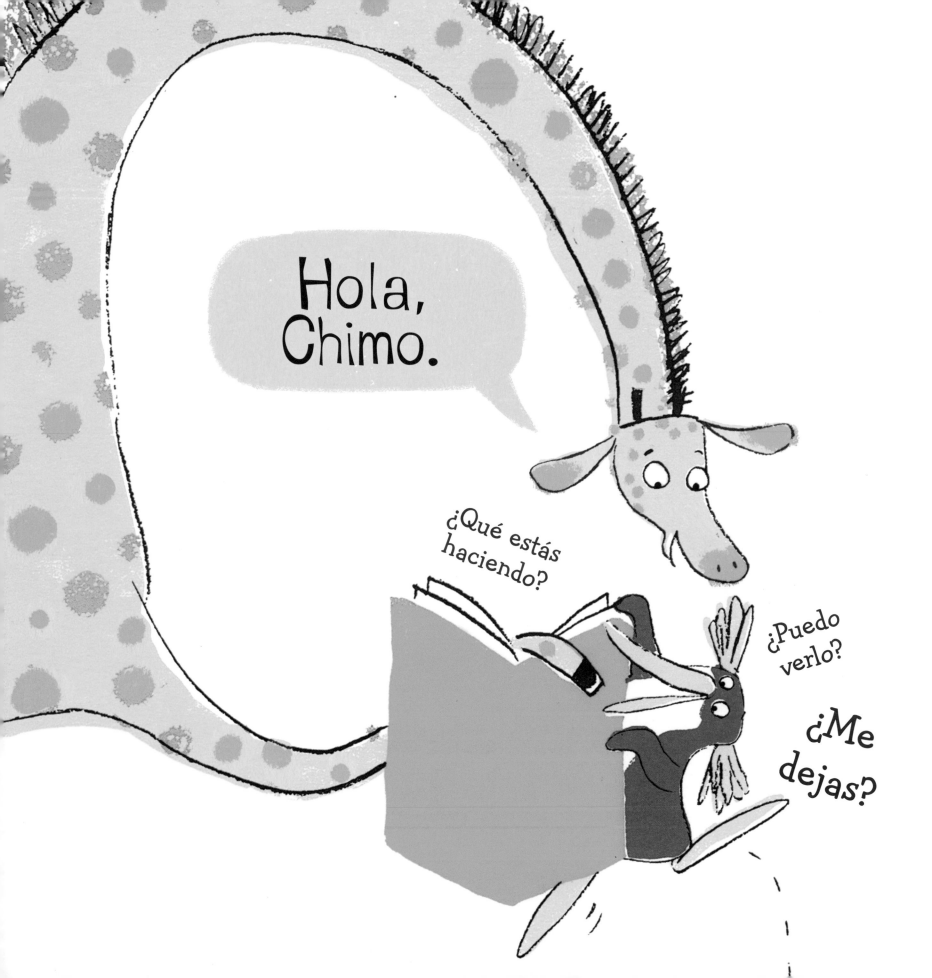

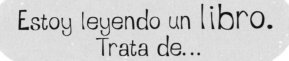

Estoy leyendo un **libro**. Trata de...

¡Buf!

Pero ¿cómo se te ocurre?
Los libros **NO** se leen así.

¿Estás seguro?

Se leen
ASÍ, ¿ves?
Leer **sentado** es
mucho más cómodo.

¡Claro!
Así,
sentaditos.

¡Hola, Trufa!

¿Qué estás haciendo?

¿A ver?

¿A ver?

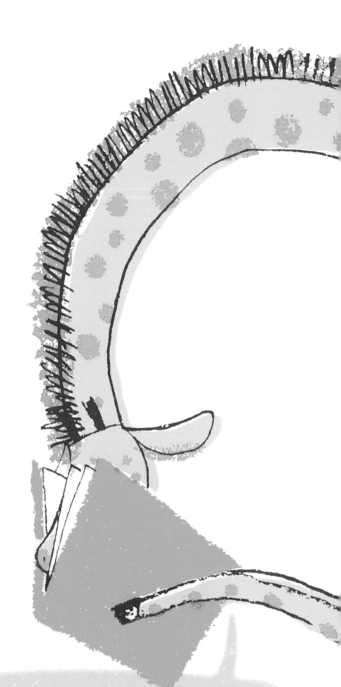

¡Hola, Matilda!
Estoy leyendo un libro. Acabo
de llegar a la parte donde...

¡No, no, NO! ¡Lo estás leyendo mal!

Así es como se debe leer un libro. Confía en mí, ¡soy toda una **experta** meneando las caderas! Fíjate: **¡Un, dos!**

Pero yo creía...

¡Un, dos!

¡De eso
nada!
Matilda está
equivocada.

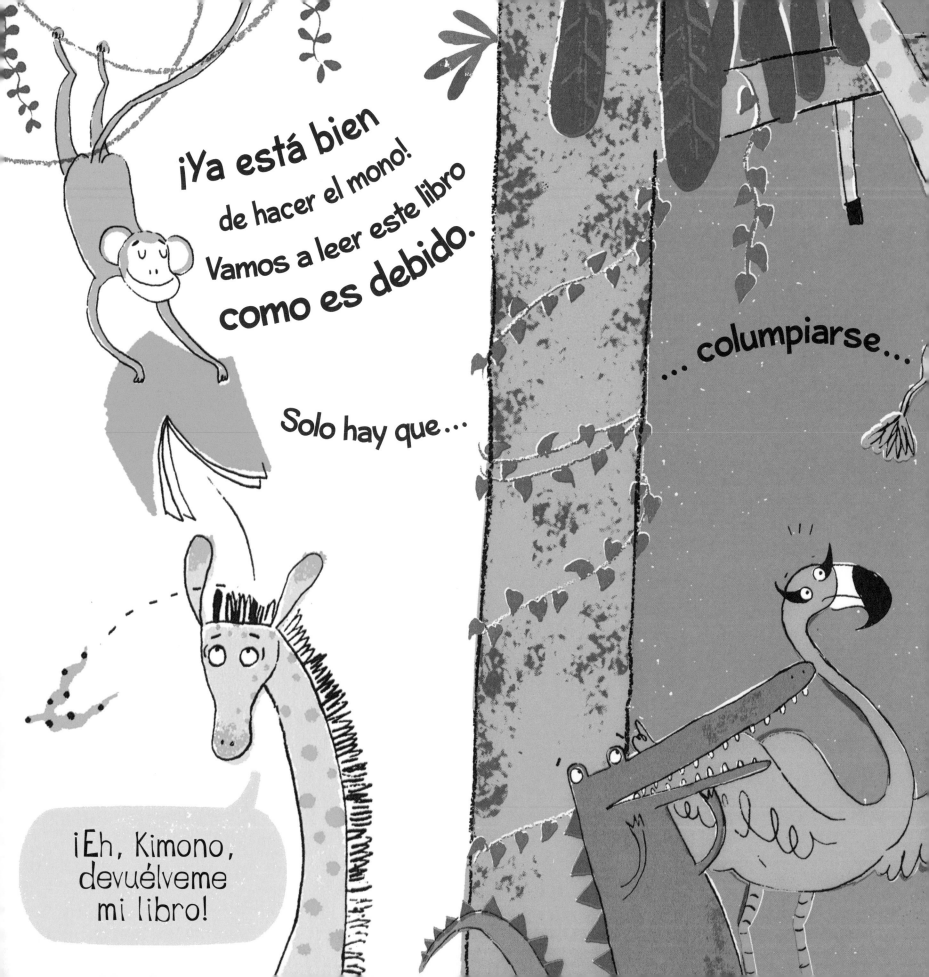

¡LO SENTIMOS MUCHO, TRUFA!